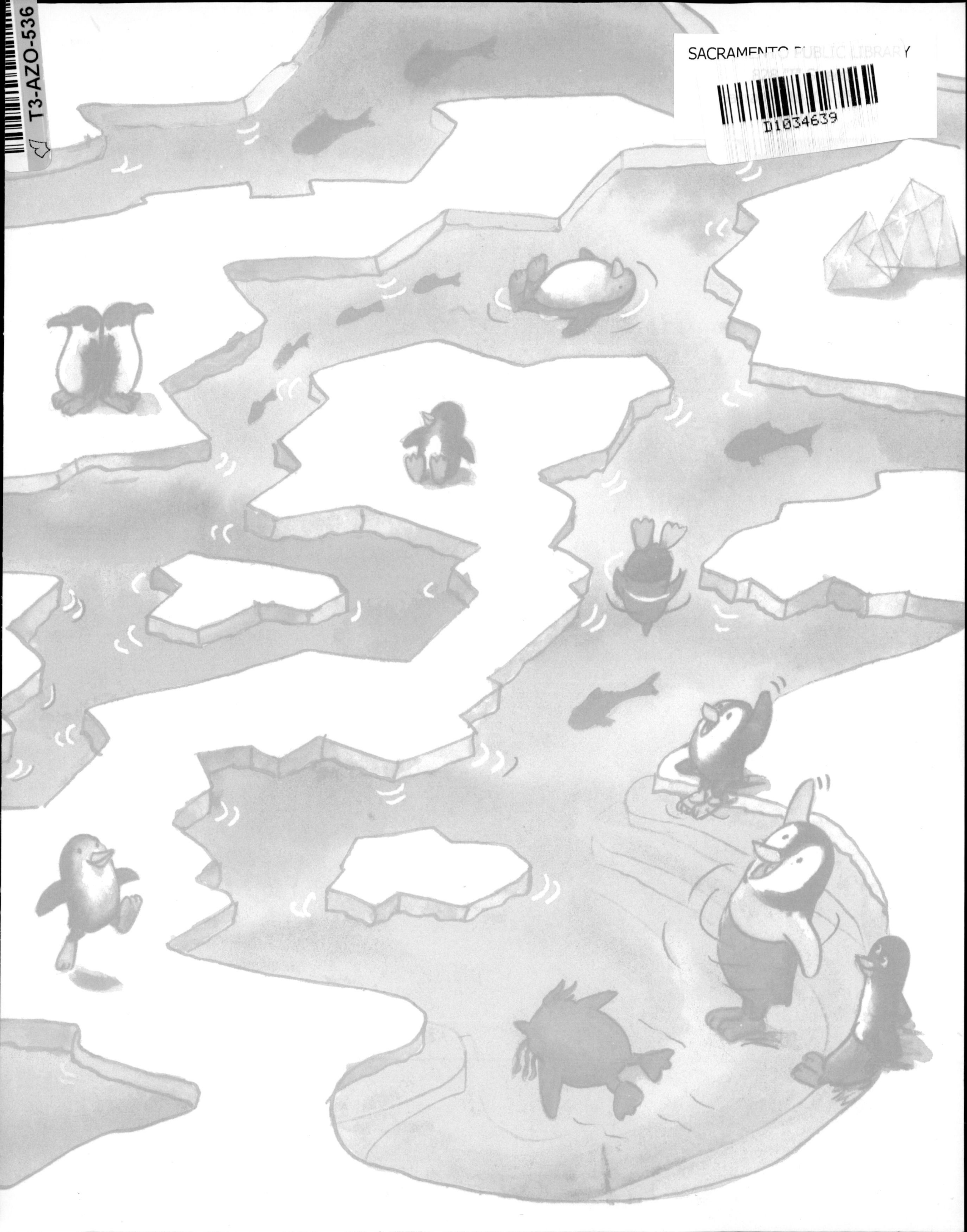

¡SÉ VALIENTE, PEQUEÑO PINGÜINO!

Título original: *Be Brave Little Penguin*,
publicado por primera vez en el Reino Unido por ORCHARD BOOKS,
un sello de Hachette Children's Group,
parte de Watts Publishing Group Limited, una marca de Hachette UK
Texto: © Giles Andreae, 2017
Ilustraciones: © Guy Parker-Rees, 2017

© Grupo Editorial Bruño, S. L., 2018
Juan Ignacio Luca de Tena, 15; 28027 Madrid
Dirección Editorial: Isabel Carril
Coordinación Editorial: Begoña Lozano
Traducción: Pilar Roda
Edición: Cristina González
Preimpresión: Pablo Pozuelo

ISBN: 978-84-696-2364-0
Depósito legal: M-9303-2018

www.brunolibros.es

MIXTO
Papel procedente de
fuentes responsables
FSC® C101537

Para nuestros pequeños pingüinos.
¡Que siempre encontréis el coraje para saltar! (G. A.)

Para mis chicos valientes: Joe, James y Dylan. (G. P. R.)

¡SÉ VALIENTE, PEQUEÑO PINGÜINO!

Giles Andreae   Guy Parker-Rees

Bruño

Bajo el frío sol de la Antártida,
al borde de la gran capa de hielo,
vivía una familia de pingüinos
con todos sus compañeros.

Había pingüinos GORDITOS,
había pingüinos DELGADOS,
había pingüinos MAYORES
y también PEQUEÑAJOS.

Aunque el pingüino Pip-Pip
era EL MÁS CHIQUITÍN.

Y mientras los demás pingüinos

buceaban alegremente en el mar,

Pip-Pip jugaba él solo...

porque tenía miedo a nadar.

«¡MIEDICAAAAA!»,

le gritaban sin parar,
y cada vez más TRISTE,

Pip-Pip luchaba por no llorar.

«¿Qué te pasa, Pip-Pip?»,
le preguntó un día su papá.

«¿¿Que te da miedo el agua??
Será una broma, ¿verdad?».

«De eso nada», replicó la mamá
de Pip-Pip mientras le daba la mano.
«TODOS tenemos algún miedo
y no siempre es fácil superarlo».

«Vamos, Pip-Pip, cariño:

Ahora que está muy tranquila,

prueba a meter los dedos en el agua.

¡Solo inténtalo! Despacito, no hay prisa...».

«Pero mami, ¿y si está CONGELADA?

¿O tan oscura que no veo nada?

¿Y qué pasa si al final...

resulta que NO SÉ nadar?».

«¿Y si ahí abajo hay MONSTRUOS,
me huelen desde sus escondites,
vienen nadando a COMERME...
¡y nunca vuelves a verme!?».

«Te entiendo, mi amor», dijo su mamá,
y le dio un beso. «Pero, Pip-Pip,
¿por qué no pruebas a ver el agua
de una forma que no te dé miedo?».

«Imagínatela llena de amigos para jugar. Y también muy CLARA, CALENTITA... ¡y con muchos peces para merendar!».

«Dame la mano, cielo.

¡Y ahora inténtalo, Pip-Pip!

Confía en ti mismo y verás...
Vamos, sé VALIENTE... Hazlo por mí».

Muy poquito a poco, Pip-pip
fue acercándose al agua y,
con mucho miedo, se asomó
por el borde del hielo.

El pequeño pingüino
miró una última vez
a su mamá y,
con el corazón
a mil por hora,
contuvo la respiración,
cerró los ojos...

¡Y SALTÓ!

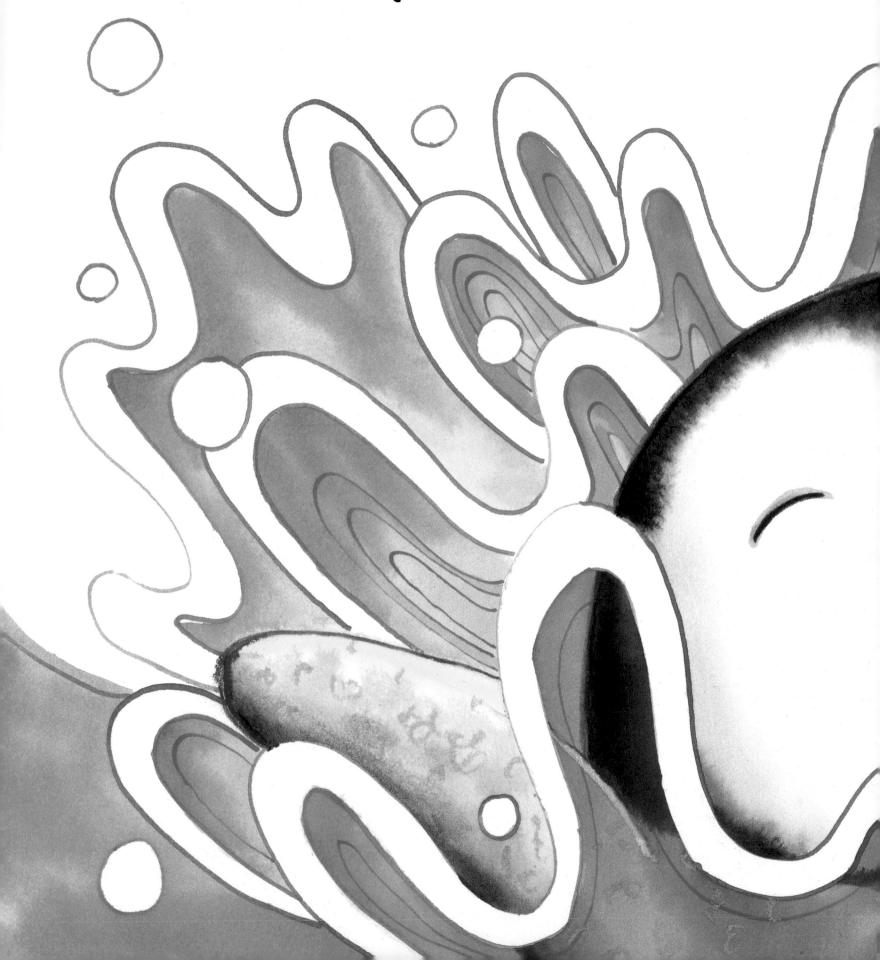

Su mamá esperó
y esperó.

Y al final gritó:
«¡Algo va mal!».

«¡Pip-Pip, por favor,
¿dónde estás?!
¡Llevas mucho ahí
debajo...! ¡Sal ya!».

Muy preocupada, la mamá de Pip-Pip
saltó al agua y empezó a bucear.

Y de pronto, entre las profundidades
azules oyó una voz muy familiar...

«¡Mami, mami, soy Pip-Pip!

¡Ven, corre, estoy aquí!

¡Ya sé nadar!, ¿lo ves?

¡Estoy NADANDO!

¿A que es fantástico?».

Su mamá empezó a dar
VOLTERETAS de alegría...

... y Pip-Pip nadaba y nadaba
con la MAYOR sonrisa de su vida.

Mientras la mamá de Pip-Pip

veía nadar a su pequeño pingüino,

de pronto él salió a la superficie...

¡y SE ELEVÓ con un gran brinco!

«¡Ay, Pip-Pip...!», sonrió su mamá

mirándolo con cariño.

«Yo no sé nada de volar, pero tú...

¡Tú has aprendido a NADAR!».

Cuando el pequeño pingüino aterrizó sobre el hielo con otro gran salto, todos corrieron a FELICITARLO.

Entonces Pip-Pip
les dijo a sus nuevos amigos:
«Ahora que soy un VALIENTE...,